Liebe Eltern!

(Vor)Lesen macht Ihr Kind schlauer!
Lesen regt die Fantasie an, fördert die Sprache und den Wortschatz Ihres Kindes und macht es fit für die Herausforderungen der Schule und der digitalen Welt.

Der Buchklub unterstützt Maßnahmen, die das Vorlesen und miteinander Lesen in Österreich fördern.

BUCH KLUB

PROJEKT 2020

Christine Nöstlinger

MINI feiert Geburtstag

Illustrationen
von Christiana Nöstlinger

ullmann medien

Illustrationen von Christiana Nöstlinger
Covergestaltung: Stefanie Brüssel
unter Verwendung eines Motivs von Christiana Nöstlinger

Gesamtherstellung: Ullmann Medien GmbH, Potsdam

ISBN 978-3-7415-0338-2

Die Hermine Zipfel ist acht Jahre alt, sehr groß und sehr dünn. Ihre Haare sind feuerrot und kraus.

Und Sommersprossen auf der Nase hat sie auch im Winter.

Ihre Mama, ihr Papa und alle ihre Freunde sagen MINI zu ihr. Nur ihr Bruder, der Moritz, sagt „Lange Latte“ zu ihr. Oder „Roter Staubwedel“. Oder „Riesenbaby“. Der Moritz ist nämlich kein bisschen größer als die Mini, obwohl er um zwei Jahre älter ist. Und das ärgert ihn gewaltig. Er findet: Wer jünger ist, hat gefälligst kleiner zu sein! Jeden Tag sagt er zur Mini:

Früher hat die Mini dem Moritz geglaubt und sich für ihre „Überlänge“ schrecklich geschämt. Seit sie in die Schule geht, tut sie das nicht mehr, denn in ihrer Klasse gibt es Kinder, die sind ein Stück größer als sie, und Kinder, die sind genauso groß wie sie. Und ihre beste Freundin, die Maxi, die das kleinste Kind der Klasse ist, sagt oft zu ihr:

Die Mini und die Maxi sitzen in der Schule nebeneinander. Nach der Schule sind sie auch meistens zusammen. Bei der Mini daheim oder bei der Maxi daheim. Oder auf dem Spielplatz. Oder sie gehen mit dem Wuzel Gassi. (Der Wuzel ist Maxis Hund.) Oder sie besuchen den Sebastian. Der geht auch in Minis Klasse, und die Maxi ist ein bisschen verknallt in ihn. Mini gefällt der Alexander besser. Aber den kann man am Nachmittag leider nicht besuchen, denn der ist am Nachmittag im Hort, und dort sind Besuchs-Kinder nicht erwünscht.
Die Mini hält die Maxi für das klügste Kind der Welt. Hat die Mini ein Problem, redet sie zuerst mit der Maxi darüber, und die Maxi hat meistens eine gute Idee, wie das Problem zu lösen wäre.

Doch einmal bekam die Mini ein Problem, für das selbst der klugen Maxi keine Lösung einfiel. Und das kam so:
Drei Wochen vor Minis achtem Geburtstag sagte die Mama zur Mini: „Sag mir endlich, was du dir zum Geburtstag wünschst!

Die Mini überlegte hin und her. Und her und hin. Ein neues Fahrrad? Oder Reitstunden? Einen Super-Game-Boy? Oder einen Fernseh-Apparat für mein Zimmer?

Doch dann dachte sie:
Eigentlich ist mein Fahrrad noch total in Ordnung, und außerdem komme ich sowieso kaum zum Radfahren!
Reitstunden ohne Maxi machen mir sicher keinen Spaß, und die Maxi-Mama hat kein Geld für Reitstunden!
Gegen einen Fernseh-Apparat in meinem Zimmer sind die Mama und der Papa garantiert, die wollen nicht, dass ich viel fernschaue!
Und den Super-Game-Boy würde sich sofort der Moritz ausborgen und nicht mehr hergeben, und dann hätten wir wieder Streit miteinander.

Aber schließlich fiel der Mini dann doch noch ein guter Geburtstags-Wunsch ein.

Mama, ich wünsche mir ein tolles Geburtstagsfes mit allen meine Freunde

eine „Kopie“, die haargenau so ausschaut wie das „Original“, das man reingesteckt hat.
Die Mini machte zuerst mal sechs Kopien von der Einladung. Dann dachte sie: Ich muss die Dinger verzieren, und im Zeichnen bin ich nicht so toll. Ich mache noch ein paar Reserve-Kopien. Für den Fall, dass ich beim Verzieren ein paar Einladungen verpatze!
Die Mini machte Kopien, bis alles Papier, das im Fax-Gerät steckte, verbraucht war. Einen dicken Stapel Einladungen trug sie in ihr Zimmer und fing gleich mit dem Verzieren an.
Sie malte Herzen und Blumen, Sterne und Marienkäfer, Geburtstagstorten und Schmetterlinge, Wolken und Katzen, Vögel und Sterne und Kringel.

Den ganzen Stapel Einladungen verzierte die Mini. Dann wollte sie die sieben schönsten raussuchen. Aber so richtig schön fand sie keine einzige. (Die Mini ist immer unzufrieden mit ihren Zeichnungen.)
Und so dachte sie: Das soll am besten auch morgen die Maxi machen! Aber in der Schule ist keine Zeit dafür. Da kann sie nicht in aller Ruhe aussuchen. Ich muss mich vorher mit ihr treffen!

Die Mini lief wieder ins Vorzimmer und rief die Maxi an.
„Du musst zwei Sachen für mich entscheiden“, sagte sie.
„Okay, leg los“, sagte die Maxi.
„Telefonisch geht das nicht“, sagte die Mini, „können wir uns morgen vor der Schule im kleinen Park treffen? Um halb acht?“

„Wird gemacht“, sagte die Maxi. „Um halb acht bin ich beim Blech-Opa.“ (Blech-Opa nennen die Mini und die Maxi das Denkmal vom Stadtrat Berger, das beim Eingang vom kleinen Park steht.)

Als die Mini am nächsten Morgen um halb acht Uhr zum kleinen Park kam, wartete die Maxi schon auf der Bank beim Blech-Opa. Die Mini setzte sich zu ihr, holte die Schultasche vom Rücken, nahm die Einladungen raus und sagte:

Der Maxi gefielen alle Einladungen gut. Aber weil sie Marienkäfer besonders gern mag, suchte sie die sieben Einladungen aus, auf die Mini die meisten Marienkäfer gemalt hatte.
„Sonst noch was?“, fragte sie dann.

„Den Peter und die Dani“, schlug die Maxi vor. „Die sind immer lustig.“
Die Mini nickte. Jetzt fehlen noch zwei“, sagte sie.
„Wie wär’s mit dem Meier Markus?“, fragte die Maxi.
„Genau!“, sagte die Mini. „Der ist schwer in Ordnung.“
„Und dann lade auf alle Fälle die Gabi ein“, sagte die Maxi. „Die macht heuer zum Schulschluss ein tolles Sommerfest.
Und wenn du sie einlädst, lädt sie dich sicher auch ein.“
Die Mini nahm sieben Kuverts aus der Schultasche und steckte in jedes Kuvert eine Marienkäfer-Einladung.
Auf ein Kuvert schrieb sie MAXI und gab es gleich der Maxi.

Auf die sechs anderen Kuverts schrieb sie: ALEXANDER, SEBASTIAN, PETER, DANI, MARKUS und GABI. Die Maxi steckte ihr Kuvert in die Hosentasche, die Mini steckte die sechs Kuverts in die Schultasche. Dann buckelten sie sich die Schultaschen wieder auf und marschierten der Schule zu.

Viel zu früh kamen die Mini und die Maxi in die Schule. Nur die Cornelia und der Peppo waren in der Klasse.
Die Mini nahm ihre Kuverts, wanderte durch die Klasse und legte sie auf die Pulte der Kinder, die sie eingeladen hatte.
Die Cornelia schaute ihr dabei neugierig zu und sagte zum Peppo: „Ha-ha, das Fräulein Mini teilt Liebesbriefe aus!"
„Das sind keine Liebesbriefe", rief die Mini.
Die Cornelia sprang auf und grapschte sich das Kuvert, das die Mini gerade auf das Pult vom Meier Markus gelegt hatte.
„Werden wir gleich sehen, ob das ein Liebesbrief ist", rief sie und wollte das gefaltete Briefblatt aus dem Kuvert ziehen.
„Leg das Kuvert sofort wieder hin!", schrie die Maxi.

„Von dir lass ich mir überhaupt nichts anschaffen!“, sagte die Cornelia.
Die Maxi lief zur Cornelia. Sie wollte ihr das Kuvert wegnehmen. Die Cornelia lachte und hielt das Kuvert hoch. So hoch, dass die kleine Maxi nicht rankam.

Die Maxi sprang nicht. Sie trat der Cornelia auf die Zehen. So fest wie sie nur konnte. Die Cornelia brüllte „aua-au“ und ließ den Brief fallen. Die Maxi hob ihn auf und legte ihn wieder aufs Pult vom Meier Markus.

Die Cornelia ließ sich auf den Boden plumpsen, zog den Schuh von den getretenen Zehen und wimmerte: „Aua-au, du hast mir alle fünf Zehen gebrochen, aua-au, o weh, o weh!“

„Mach doch nicht gar so ein Theater, du Jammerlappen“, sagte der Peppo zur Cornelia.
Aber die Cornelia blieb auf dem Boden sitzen und stöhnte und wimmerte gottserbärmlich drauflos.
Der Alexander, der Sebastian und die Rosi kamen in die Klasse.
„Was hast du denn?“, fragten sie die Cornelia.
Die Cornelia gab ihnen keine Antwort.
Sie wimmerte bloß weiter.
Dann kamen die Dani, die zwei Markusse, die Alice und der Peter in die Klasse.
Auch sie fragten die Cornelia, was ihr denn passiert sei.
Mehr als ein schreckliches Gestöhne und Gewimmer bekamen auch sie nicht als Antwort.

Erst als die Frau Huber, die Lehrerin, in die Klasse kam, hörte die Cornelia zu stöhnen und zu wimmern auf.
Sie rappelte sich vom Boden hoch und humpelte zu ihrem Platz.
„Ist alles nur Schau“, sagte die Maxi zur Mini. „Sie humpelt sogar mit dem falschen Fuß, die dumme Gans!“
„Hoffentlich!“, sagte die Mini.
„Sonst kriegst du vielleicht noch Ärger, und nur wegen mir!“
„Wieso wegen dir? Ich hab doch getreten“, sagte die Maxi.
„Aber für mich“, sagte die Mini. „Immer musst du dich für mich wehren. Weil ich mich selber nicht traue.“
Die Maxi sagte lachend: „Macht mir doch einen Heidenspaß, echt!“

Fünf Minuten vor acht Uhr waren alle Kinder, denen die Mini ein Kuvert aufs Pult gelegt hatte, in der Klasse. Und alle sechs freuten sich ganz toll. Der Meier Markus wedelte mit der Einladung in der Luft rum und rief:

Der Peter rief: „Cool, endlich wieder ein Fest!“
Die Dani und die Gabi warfen der Mini Kusshände zu, und der Alexander und der Sebastian verbeugten sich vor Mini und sagten:

Dann ratschte die Schulglocke und die Frau Huber sagte: „Herrschaften, beruhigt euch. Holt die Lesebücher heraus und schlagt sie bei Seite fünfzig auf!"
Mini zog ihr Lesebuch aus der Schultasche und blätterte darin. Dabei linste sie zur Cornelia rüber. Die hockte mit hängenden Mundwinkeln auf ihrem Stuhl und hatte die Aufzeigefinger hochgereckt.

Mini dachte:

Die Frau Huber bemerkte die Aufzeigefinger der Cornelia nicht, denn sie schaute zum Sebastian und bat ihn, den ersten Absatz auf Seite fünfzig vorzulesen.
Der Sebastian fing zu lesen an, die Frau Huber lauschte ihm und schaute dabei zur Zimmerdecke hoch.
Als der Sebastian den ersten Absatz fertig gelesen hatte, schaute sich die Frau Huber in

der Klasse um, sah die erhobenen Aufzeigefinger der Cornelia und glaubte, die Cornelia wolle den zweiten Absatz der Geschichte lesen. Und so sagte sie:
„Die Cornelia macht jetzt weiter!"
„Bitte nein!", sagte die Cornelia. „Ich wollte nur melden, dass mir die Maxi auf die Zehen getreten ist!"
„Aber Cornelia!" Die Frau Huber schüttelte den Kopf. „Zwischen dir und der Maxi sind vier Pulte. Wie soll sie dir da auf die Zehen treten?"
„Nicht jetzt, vorher schon!", sagte die Cornelia. „Sie hat mir beinahe alle fünf Zehen gebrochen."
Die Frau Huber fragte: „Willst du die Zehen von der Schulärztin untersuchen lassen? Sie ist heute im Haus!"

Die Cornelia schaute stocksauer und sagte: „Nicht nötig, es geht schon wieder."
„Fein", sagte die Frau Huber. „Dann lies jetzt weiter."

In der Zehn-Uhr-Pause dann kam der Bernhard zu Minis Pult. Er hielt der Mini die offene Hand hin und sagte freundlich:

Natürlich war der Mini klar, was sie nun sagen müsste.
Nämlich: Tut mir Leid, lieber Bernhard, aber du bist nicht eingeladen!
Doch das schaffte die Mini einfach nicht. Der Bernhard war ein wirklich netter Bub, und wenn er sich so sicher war, dass sie beim Einladen an ihn gedacht hatte, so konnte sie ihn doch nicht enttäuschen!
Also sagte sich die Mini: Wo für acht Kinder Platz ist, passt garantiert noch ein neuntes hin! Und meiner Mama fällt es vielleicht gar nicht auf, wenn ein Kind zu viel kommt!
Die Mini holte eine von den Reserve-Einladungen aus der Schultasche und gab sie dem Bernhard.
Der sagte „Danke, liebe Mini" und zog zufrieden ab.

Die Mini hatte noch nicht mal ihre Schultasche zugeklappt, da standen die Rosi und die Alice vor ihr.

Sicher war sich die Mini wirklich nicht, ob auch elf Kinder dort Platz haben, wo angeblich nur acht Stück hinpassen.
Und dass ihre Mama drei überzählige Kinder nicht bemerken würde, glaubte sie schon gar nicht.
Aber sie holte trotzdem die Reserve-Einladungen noch einmal aus der Schultasche und gab eine der Rosi und eine der Alice.
Die Mini ist eben kein Kind, das gut nein sagen kann. Schon gar nicht zu jemandem, der noch nie irgendwo eingeladen war und BITTE, BITTE sagt.
„Du bist mega-lieb“, sagten die Alice und die Rosi und marschierten total glücklich mit ihren Einladungen zu ihren Plätzen.
„Jetzt reicht es aber langsam“, zischte die Maxi der Mini zu.

„Drei Kinder mehr, das wird schon irgendwie gehen“, sagte die Mini.
„Aber du hast doch gesagt, deine Mama erlaubt dir nicht mehr als sieben Kinder“, sagte die Maxi.
„Das schon“, sagte die Mini. „Aber es ist doch mein Geburtstag und sonst wünsche ich mir eh nix! Und meine Mama ist nie sehr streng, die kriege ich schon irgendwie rum. Da bin ich mir ziemlich sicher“
„Na, ganz wie du meinst! Du musst es ja wissen!“, sagte die Maxi und stand auf. „Ich geh jetzt mal Pipi. Ich muss nämlich schon urdringend!“
Die Maxi wieselte aus der Klasse.
Die Mini wollte hinter ihr her, weil sie auch urdringend aufs Klo musste. Doch plötzlich war sie von Kindern umringt, die alle riefen:

Ich will auch eine Einladung!
Ich auch, bitte!!!
Ich möchte auch zu deiner Party kommen!
Ich auch!!!

Der Konrad zeigte auf die Reserve-Einladungen in Minis Händen und rief: „Sie hat eh noch viele Einladungen, die reichen leicht für uns alle!“
Völlig hilflos kam sich die Mini vor. Eine Einladung nach der anderen ließ sie sich aus den Händen ziehen.

Als die Maxi vom Klo zurückkam, hatte die Mini nur mehr eine Reserve-Einladung in den Händen, und das einzige Kind, das keine Einladung hatte, war die Cornelia.
„Und wie willst du das deiner Mama beibringen?“, fragte die Maxi.

Nach der Zehn-Uhr-Pause war Rechenstunde. Die Mini ist die beste Rechnerin der Klasse, aber an diesem Tag konnte sie nicht mal 2 und 2 richtig zusammenzählen. Weil sie nachdachte, wie bei ihr daheim Platz für achtzehn Gäste zu schaffen wäre.

Ganz fest nahm sich die Mini vor: Gleich wenn ich heimkomme, rede ich mit der Mama! Und erkläre ihr, wie das alles gekommen ist, und dass es nicht anders gegangen ist!

Doch als die Mini heimkam, verschob sie das Reden mit der Mama auf morgen. Weil ihr die Mama ein bisschen grantig vorkam.

Und am nächsten Tag zu Mittag sagte sie auch nichts. Da kam ihr die Mama zwar nicht grantig vor, da fand sie plötzlich, es sei besser, zuerst mal mit dem Papa darüber zu reden.

Aber als der Papa am Abend von der Arbeit heimkam, hielt die Mini nichts mehr von dieser Idee. Weil ihr Papa doch immer bloß sagte: Frag die Mama, die ist der Chef im Haus!

Jeden Tag verschob die Mini das Reden mit ihrer Mama auf den nächsten Tag. Bis eine Woche vor dem Geburtstagsfest ging das so. Bis die Mama beim Nachtmahl zur Mini sagte:

Jetzt oder nie, dachte die Mini. Sie räusperte sich zweimal, dann räusperte sie sich noch einmal, und dann sagte sie: „Mama, da gibt es ein Problem!"
„Was für eines?", fragte der Moritz.

„Bist du verrückt?“, rief die Mama.
„Das soll wohl ein Witz sein?“, fragte der Papa.
„Wenn die Mini Witze macht, schaut sie anders drein“, sagte der Moritz.

Wo soll denn hier eine ganze Schulklasse feiern?“, fragte die Mama.
„Da müssten die Kinder wie die Bremer Stadtmusikanten aufeinander sitzen!“, sagte der Papa.
Die Mini schaute den Papa ganz, ganz lieb an und sagte: „Aber wenn wir alle Möbel aus dem Wohnzimmer und aus meinem Zimmer auf den Dachboden rauftragen, dann –“
Weiter kam sie nicht. Der Papa schlug mit der flachen Hand so fest auf den Tisch, dass die Teller zu tanzen anfingen, und rief: „So weit kommt’s noch! Du bist ja total meschugge!“
Und die Mama sagte: „Sieben Kinder und kein einziges mehr! Hast du das kapiert, Mini?“

Der Moritz ist oft ziemlich eklig zur Mini, aber wenn seine Schwester ein echtes Problem hat, dann versucht er ihr zu helfen. Darum sagte er zur Mama: „Keppel mit der langen Latte nicht so rum! Das ist ihr halt passiert und jetzt nimmer zu ändern!"

Die Mama fauchte den Moritz an: „Und ob das zu ändern ist. Sie wird morgen alle – bis auf sieben – ausladen, und die Sache hat sich!"

Der Moritz rief: „Das ist doch urpeinlich für sie, das kannst du ihr nicht antun!"

„Was man sich einbrockt, muss man auslöffeln", sagte die Mama. „Und was ist schon dabei, ein paar Kindern zu sagen, dass die Einladung ein Irrtum war?"

Die Mini sprang auf, lief in ihr Zimmer und warf sich auf ihr Bett.

Ich muss krank werden.
Eine Krankheit muss
ich kriegen, die bis
zum Geburtstag dauert.
... Dann fällt das Fest
aus, und kein Kind kann
mir deswegen
böse sein!!!

Der Mini fiel auch gleich ein, welche Krankheit das sein könnte!
Im Fernsehen hatte sie vor ein paar Wochen einen tollen Film gesehen. In dem Film hatte ein Mädchen aus lauter Kummer und Not „Nervenfieber“ bekommen.
Das arme Mädchen war monatelang glühheiß und zittrig und total wirr im Kopf im Bett gelegen und kein Arzt hatte ihm helfen können.
Die Mini dachte: Mein Kummer und meine Not sind auch mega-riesengroß, und zittrig und total wirr im Kopf fühle ich mich sowieso schon.
Jetzt brauche ich nur noch glühheiß zu werden!
Die Mini kroch unter die Decke und wartete auf das Nervenfieber.

Aber das Nervenfieber wollte nicht kommen! Bloß der Moritz kam, setzte sich auf die Bettkante und fragte:

„Weil ich es brauche“, sagte der Moritz.
Die Mini deutete auf die geblümte Sparsau im Regal.
„Nimm dir, was drin ist“, murmelte sie.

Der Moritz nahm die Sparsau aus dem Regal, zog ihr den Gummistöpsel aus dem Bauch und beutelte alle Münzen und Scheine auf Minis Bettdecke.

Die Mini zog sich die Decke bis ans Kinn, schloss die Augen und wartete weiter auf das glühheiße Nervenfieber.

Das ist wieder einmal typisch für den Kerl, dachte die Mini. Ich habe Mega-Kummer und Riesen-Not, bin zittrig und wirr im Kopf, und er schert sich nur um seinen eigenen Kram.

„Lass mich mit dem blöden Geld in Frieden“, murmelte sie, ohne die Augen aufzumachen. „Hau ab, ich will allein sein, ich muss mich nämlich konzentrieren!“

„Worauf?“, fragte der Moritz.

„Darauf, dass endlich das Nervenfieber kommt“, murmelte die Mini.

„Was ist ein Nervenfieber?“, fragte der Moritz.

Die Mini öffnete die Augen, richtete sich auf und sagte: „Eine furchtbare Krankheit!“

„Und warum willst du die?“, fragte der Moritz.

„Wenn ich Nervenfieber habe“, sagte die Mini, „fällt das Fest wegen Krankheit ins Wasser!“

Der Moritz steckte die 187 Euro in den Hosensack, riss der Mini die Bettdecke weg, packte sie an einem Arm und sagte:
„Riesenbaby, vergiss den Nervenquatsch, ich habe dein Problem nämlich gelöst!"
Die Mini wehrte sich so gut sie konnte, aber der Moritz zog sie aus dem Bett und schleppte sie ins Wohnzimmer.
Die Mama und der Papa saßen vor dem Fernseher. Sie schauten einen Krimi an.
„Könntet ihr kurz den Ton ausmachen?", fragte der Moritz.
„Nur wenn es unbedingt sein muss", sagte die Mama.
„Es muss unbedingt sein", sagte der Moritz.
Der Papa seufzte tief, griff nach der Fernbedienung und drückte die Leiser-Taste.

Der Moritz sagte zur Mama und zum Papa: „Ich schenke der Mini das Geburtstagsfest! Es wird im Extra-Zimmer der ‚Blauen Gans' stattfinden! Dort hat auch der Stefan aus meiner Klasse sein Geburtstagsfest gemacht."
Er holte die 187 Euro aus dem Hosensack und knallte sie auf den Couchtisch. Ich habe ihn angerufen. Er hat gesagt, mehr hat sein Fest sicher nicht gekostet. Weil die Torten hat seine Mama mitgebracht, sie haben der Wirtin nur die Getränke zahlen müssen."
„Unser Sohn ist aber echt ein schlaues Kerlchen!", rief der Papa.
Und die Mama klatschte sich die flache Hand auf die Stirn und rief: „Das hätte mir aber auch einfallen können!"

Die Mini brachte vor Freude kein vernünftiges Wort raus.
„Moritz – ich – ich – du bist …“, stammelte sie. Dann umarmte sie den Moritz und küsste ihn auf beide Wangen.
Begeistert war der Moritz von den Küssen nicht. Er verzog das Gesicht, wischte sich mit den Fingern die Küsse von den Wangen und murmelte: „Übertreib bloß nicht, lange Latte.“
Dann sagte der Papa, dass er das Geburtstagsfest für seine Tochter klarerweise bezahle. Der Moritz solle sein Geld wieder ins Sparschwein tun. Seine Super-Idee reiche völlig als Geburtstagsgeschenk!
„Wenn du meinst!“, sagte der Moritz und steckte die 187 Euro wieder in den Hosensack.

Am Montag verteilte die Mini in der Klasse kleine Zettel. Auf denen stand:

Achtung, Achtung!
Änderung – Mein Geburtstagsfest findet in der „Blauen Gans" (Hauptstr. 1) statt!

Als die Mini mit ihren Zetteln am Pult der Cornelia vorbeikam, dachte sie: Der Mensch soll nicht kleinlich sein! Das ist nicht edel!
Sie wieselte zu ihrem Pult, nahm die letzte Reserve-Einladung aus der Schultasche, klammerte die „Änderung“ dran, ging zur Cornelia und sagte: „Ich würde mich sehr freuen, wenn du auch kommst!“
Die Cornelia grinste von einem Ohr bis zum anderen und sagte:

Danke! Das ist ausnahmsweise einmal nett von dir! Aber ich wäre sowieso gekommen, weil meiner Oma die „Blaue Gans" gehört!

Richtig supertoll wurde Minis Geburtstagsfest! Vier Torten und einen riesigen Schoko-Kuchen und einen Apfelstrudel hatte Minis Mama gebacken, und Minis Papa brachte von daheim die Stereo-Anlage, spielte den Disk-Jockey und machte Tanzmusik.

Mini bekam von jedem Kind ein Geburtstagsgeschenk. Und die Frau Wirtin spendierte für alle Kinder Gratis-Würstel. „Weil das Geburtstagskind eine Freundin unserer Cornelia ist", erklärte sie.
Mini fand es nicht nötig, diesen Irrtum richtig zu stellen.

Übrigens: Die 187 Euro hat der Moritz flugs in sein Sparschwein gestopft. Und die Mini meint, es wäre allzu unhöflich, ihn daran zu erinnern, dass 103 Euro und 70 Cent davon ihr gehören.